1ª reimpressão

PARA MEU PAI IZIDORO. A MAIS BRILHANTE DAS ESTRELAS.
(LÚCIO GOLDFARB)

PARA A NINA RENATA E PARA O NINO JOÃO.
(PEDRO MENEZES)

NINA NO ESPAÇO

ESCRITO POR LÚCIO GOLDFARB ILUSTRADO POR PEDRO MENEZES

NINA TEVE UMA IDEIA.

DE: VOVÔ ZIZI
PARA: NINA

DEPOIS DE ALGUM TEMPO, A **NAVE** ESTAVA PRONTA.

10, 9, 8, 7, 6, 5, 4, 3, 2, 1!
DECOLAR!

O ESPAÇO

É ESCURO,

FRIO E

SILENCIOSO.

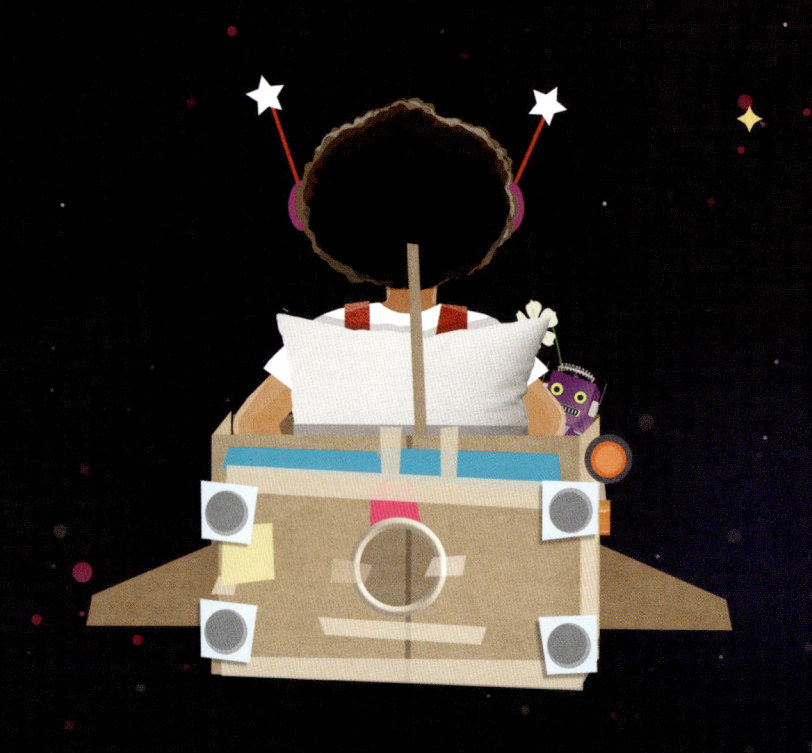

NINA viu muitas estrelas, planetas e cometas.

COMETAS SÃO GRANDES PEDRAS GELADAS QUE VAGAM PELO ESPAÇO COM UMA LONGA CAUDA.

JÁ OS **PLANETAS** SÃO REDONDOS E AINDA MAIORES.

MERCÚRIO
FICA PERTINHO DO SOL
E É O MENOR PLANETA
DO SISTEMA SOLAR.

VÊNUS,
SEU VIZINHO, É DO TAMANHO
DA TERRA, MAS MUITO QUENTE.

MARTE é vermelho e de perto.
Lembra um grande deserto.

JÚPITER
É UM GIGANTE FEITO DE GÁS.

NINA AMOU **SATURNO**
COM OS SEUS BELOS ANÉIS.

DEPOIS DE PASSAR POR URANO E NETUNO, ELA RUMOU DE VOLTA PARA A TERRA.

PERTO DA TERRA FICA A **LUA**,
QUE NÃO É UM PLANETA, MAS UM
SATÉLITE NATURAL, CHEIO DE CRATERAS.

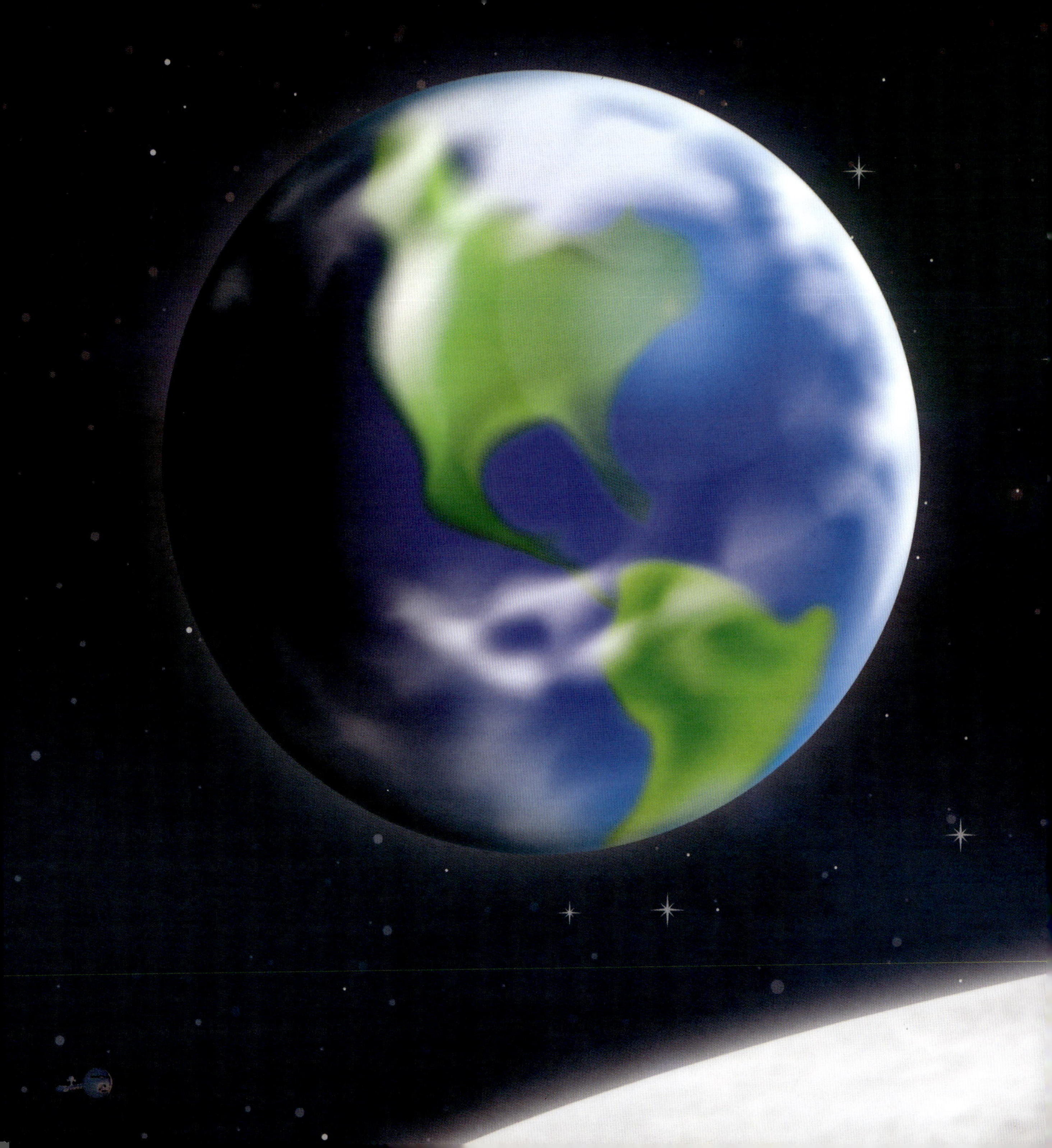

DA LUA, NINA VIU A TERRA, O SEU PLANETA.
ERA LÁ QUE VIVIAM AS PESSOAS QUE ELA AMAVA:
A MAMÃE, O PAPAI, O VOVÔ ZIZI E TODA A FAMÍLIA.

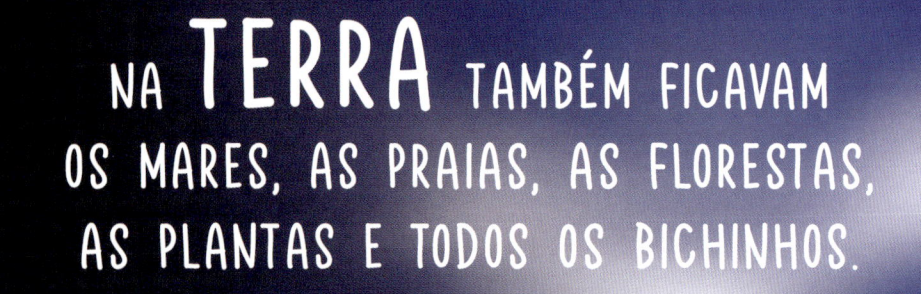

NA **TERRA** TAMBÉM FICAVAM
OS MARES, AS PRAIAS, AS FLORESTAS,
AS PLANTAS E TODOS OS BICHINHOS.

"A TERRA
É O MAIS BONITO
DOS PLANETAS",
PENSOU NINA.

O ESPAÇO É UM LUGAR FRIO E SILENCIOSO.
NINA COMEÇOU A SENTIR SAUDADES DE **CASA**.

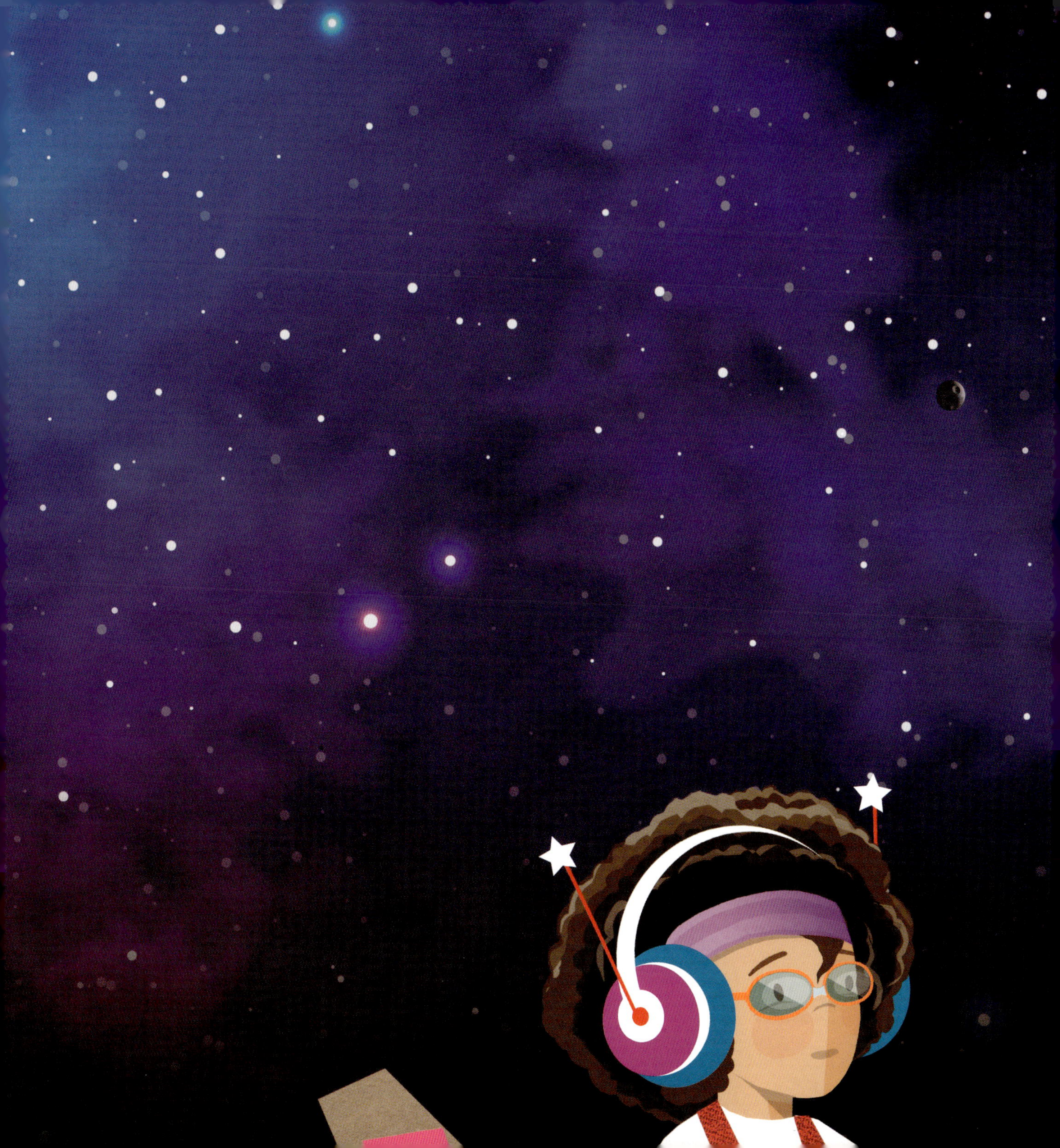

NINA VOLTOU ENTÃO PARA A TERRA E SE ACONCHEGOU NO MELHOR CANTINHO DE TODO O UNIVERSO.

Copyright © 2022 by Lúcio Goldfarb e Pedro Menezes
Todos os direitos reservados.

O texto deste livro foi editado conforme as normas do novo acordo ortográfico da língua portuguesa, em vigor no Brasil desde 1º de janeiro de 2009.

Editora
Lizandra Magon de Almeida

Projeto gráfico e diagramação
Pedro Menezes

Assistência editorial
Equipe Editora Jandaíra

Revisão
Maria Ferreira

Todos os direitos reservados pela Editora Jandaíra
www.editorajandaira.com.br

Dados Internacionais de Catalogação na Publicação (CIP)
Maria Helena Ferreira Xavier da Silva/ Bibliotecária – CRB-7/5688

Goldfarb, Lúcio
G618n   Nina no espaço / Lúcio Goldfarb ; ilustrações [de] Pedro Menezes. – São Paulo : Jandaíra, 2023.
48 p. : il. ; 21 cm.

ISBN 978-65-5094-015-7

1. Literatura. 2. Literatura – Infantojuvenil. 3. Histórias – Infantojuvenis. I. Menezes, Pedro, il. II. Título.

Número de Controle: 00044   CDD 808.899282

Foto: Renata Mayer Klecz

Lúcio Goldfarb é publicitário por formação, produtor audiovisual por profissão e escritor por paixão.
Além dos livros infantis, cria formatos de série de TV e escreve crônicas e contos no blog *Unanimidade em Varsóvia*.

Foto: Fabrício Mota

Pedro Menezes está envolvido com criação desde 1992. Além de pai do João, é ilustrador e designer gráfico. É também autor do livro *Caderno de Observação de um Filho* (que hoje continua como um blog) e do livro *Suki e a Ilha do Horizonte*. Também se arrisca com textos no *Unanimidade em Varsóvia*.

Outros títulos da dupla Lúcio Goldfarb e
Pedro Menezes, publicados pela Editora Jandaíra:

Joãozinho Quero-Quero

Cadu e o Mundo que não Era

Urso Alfredo e o Mistério na Neve

Uma Menina, um Rio

Dois Ursos Diferentes

O Jardim de Olívia